BEATRIX POTTER

Histórias para Sonhar

Tradução
VICTÓRIA PIMENTEL

Lafonte

Títulos originas – *The Tales of Beatrix Potter*
Copyright © Editora Lafonte Ltda. 2022

Todos os direitos reservados.
Nenhuma parte deste livro pode ser reproduzida por quaisquer meios
existentes sem autorização por escrito dos editores e detentores dos direitos.

Direção Editorial: *Ethel Santaella*

REALIZAÇÃO

GrandeUrsa Comunicação

Direção: *Denise Gianoglio*
Tradução: *Victória Pimentel*
Revisão: *Diego Cardoso*
Projeto Gráfico e Diagramação: *Idée Arte e Comunicação*

```
          Dados Internacionais de Catalogação na Publicação (CIP)
                 (Câmara Brasileira do Livro, SP, Brasil)

      Potter, Beatrix, 1866-1943
         Histórias para sonhar / Beatrix Potter ; [tradução
      Victória Pimentel]. -- São Paulo : Lafonte, 2022.

         Título original: The complete tales of Beatrix
      Potter
         ISBN 978-65-5870-302-0

         1. Contos - Literatura infantojuvenil I. Título.

   22-128851                                          CDD-028.5

             Índices para catálogo sistemático:

      1. Contos : Literatura infantil    028.5
      2. Contos : Literatura infantojuvenil    028.5

         Cibele Maria Dias - Bibliotecária - CRB-8/9427
```

Editora Lafonte
Av. Profª Ida Kolb, 551, Casa Verde, CEP 02518-000, São Paulo-SP Brasil — Tel.: (+55) 11 3855-2100
Atendimento ao leitor (+55) 11 3855-2216 / 11 3855-2213 – atendimento@editoralafonte.com.br
Venda de livros avulsos (+55) 11 3855-2216 – vendas@editoralafonte.com.br
Venda de livros no atacado (+55) 11 3855-2275 – atacado@escala.com.br

ÍNDICE

O CONTO DE PEDRO COELHO 4

O CONTO DA SENHORA TINA ESPETINHO 14

O CONTO DE BENJAMIN COELHINHO 26

O CONTO DO ESQUILO CASTANHOLA 36

O CONTO DE TIM PONTA-DOS-PÉS 46

O CONTO DOS DOIS RATINHOS MAUS 56

O CONTO DE PEDRO COELHO

Era uma vez quatro coelhinhos, que se chamavam Flopsy, Mopsy, Rabo-de-algodão e Pedro.

Eles viviam com a mãe em um banco de areia, embaixo das raízes de um pinheiro bem grandão.

— Bem, meus queridos — disse a velha senhora Coelho, certa manhã —, vocês podem passear nos campos ou na estrada, mas não entrem na horta do senhor Gregório. Seu pai sofreu um acidente ali: a senhora Gregório o transformou no recheio de uma torta!

— Agora podem ir e se comportem. Estou de saída.

Então a velha senhora Coelho pegou uma cesta e seu guarda-chuva e atravessou o bosque rumo à padaria. Ela comprou um pão integral e cinco pãezinhos doces com passas.

Flopsy, Mopsy e Rabo-de-algodão, que eram coelhinhos comportados, foram até a estrada para colher amoras.

Mas Pedro, que era muito levado, correu direto para a horta do senhor Gregório e se espremeu por baixo do portão!

Primeiro, ele comeu alfaces e vagens. Depois, fartou-se com rabanetes.

E, então, como não estava se sentindo muito bem, procurou por um pouco de salsinha.

Mas, contornando um canteiro de pepinos, quem ele encontraria senão o próprio senhor Gregório?

O senhor Gregório estava abaixado, replantando mudas de repolhos. Ele pulou e correu atrás de Pedro, acenando com o ancinho e gritando: "Pare, seu ladrãozinho!".

Pedro ficou terrivelmente assustado; ele correu por toda a horta, pois tinha esquecido qual era o caminho de volta para o portão.

Na correria, perdeu um dos sapatos entre os repolhos e o outro entre as batatas.

Depois de perder os sapatos, passou a correr com as quatro patas e conseguiu ir mais depressa. Acho que teria escapado se, infelizmente, não tivesse se enroscado em uma rede que protegia o canteiro de groselhas. Ficou preso pelos grandes botões de seu casaco. Era um casaco azul com botões de metal, bem novinho.

Pedro achou que não tinha mais como escapar e caiu no choro. Mas seus soluços foram ouvidos por alguns pardais simpáticos, que voaram até ele, animados, e pediram que se esforçasse, que não desistisse.

O senhor Gregório surgiu com uma peneira, que pretendia arremessar sobre Pedro para capturá-lo, mas o coelho se esquivou bem a tempo, deixando seu casaco para trás.

Ele correu para o galpão de ferramentas e pulou para dentro de um regador. Teria sido o esconderijo perfeito se não houvesse tanta água dentro dele.

O senhor Gregório tinha certeza de que Pedro estava em algum lugar no galpão de ferramentas, talvez escondido embaixo de um vaso de flores. Ele começou a virá-los com cuidado, olhando embaixo de cada um.

Naquele momento, Pedro espirrou: "Atchimmm!". Num instante, o senhor Gregório estava atrás dele.

Ele tentou pegar Pedro com o pé, mas o coelhinho pulou para fora por uma janela, derrubando três vasos de plantas. A janela era pequena demais para o senhor Gregório passar, e ele estava cansado de correr atrás de Pedro. Então, decidiu voltar para o seu trabalho.

Pedro se sentou para descansar. Estava sem fôlego e tremendo de medo. Não tinha a menor ideia para onde ir. Além disso, estava muito molhado por ter se escondido dentro do regador.

Depois de um tempo, começou a perambular por ali, saltitando... Poing-poing. Não ia muito depressa e olhava por todo lado.

Ele encontrou uma porta em uma parede, mas estava trancada e não havia espaço para um coelho rechonchudo se espremer por debaixo dela.

Uma velha ratinha corria de um lado para o outro sobre a entrada de pedra, carregando ervilhas e feijões para sua família no bosque. Pedro perguntou como chegar até o portão, mas ela tinha uma ervilha tão grande na boca que não pôde responder. Apenas fez que não sabia com a cabeça, e Pedro começou a chorar.

Ele tentou encontrar o caminho atravessando a horta, mas ficou mais e mais confuso. Logo chegou a um tanque onde o senhor Gregório enchia seus regadores. Uma gata branca olhava para alguns peixes-dourados.

Ela estava sentada muito, muito imóvel, mas, de vez em quando, a ponta de seu rabo tremia como se tivesse vida própria. Pedro achou melhor ir embora sem falar com ela. Tinha ouvido seu primo, Benjamin Coelho, contar algumas histórias sobre gatos.

Pedro voltou em direção ao galpão de ferramentas, mas, de repente, bem pertinho dele, ouviu o barulho de uma enxada – xique, xaque, xaque, xique. Ele correu para debaixo dos arbustos. Como nada aconteceu, saiu, escalou um carrinho de mão e deu uma espiada. A primeira coisa que viu foi o senhor Gregório capinando o canteiro de cebolas. Ele estava de costas para Pedro, e atrás dele estava o portão!

Pedro desceu bem quietinho do carrinho de mão e começou a correr o mais rápido que pôde, por um caminho reto atrás de alguns arbustos de cassis.

O senhor Gregório o vislumbrou quando Pedro fazia uma curva, mas o coelhinho não se importou. Ele deslizou sob o portão e estava, enfim, seguro no bosque do lado de fora da horta.

O senhor Gregório pendurou o pequeno casaco e os sapatinhos, formando um espantalho para assustar os pássaros.

Pedro não parou de correr nem olhou para trás até chegar em casa no grande pinheiro.

Estava tão cansado que se deixou cair sobre um bom monte de areia macia no chão da toca e fechou os olhos.
Sua mãe estava ocupada, cozinhando. Ela imaginou o que ele havia feito com suas roupas. Era a segunda vez que Pedro perdia o casaquinho e o par de sapatos em duas semanas!

Sinto muito em dizer que Pedro não estava muito bem naquela noite.

Sua mãe o colocou na cama, fez um pouco de chá de camomila e deu a Pedro uma dose.

— Tome uma colher cheia antes de dormir.

Ao contrário de Pedro, os coelhinhos comportados, Flopsy, Mopsy e Rabo-de-algodão, puderam comer pão e amoras no jantar.

O CONTO DA SENHORA TINA ESPETINHO

Era uma vez uma garotinha chamada Lúcia, que morava em uma fazenda cujo nome era Cidadezinha. Ela era uma boa menina, mas vivia perdendo seus lenços de bolso!

Certo dia, a pequena Lúcia chegou ao pátio da fazenda chorando. Ah, como ela chorava!

— Perdi meu lencinho! Três lencinhos e um avental! Você os viu, gatinha Tábata?

A gatinha continuou a lamber as patas brancas. Então Lúcia perguntou a uma galinha pintada:

— Sara Cocó, você encontrou três lencinhos?

Mas a galinha pintada correu para dentro do celeiro, cacarejando:

— Estou descalça, descalça, descalça!

Assim, Lúcia perguntou ao galo Roberto, que estava empoleirado sobre um galho.

O galo Roberto olhou de lado para Lúcia com os olhos pretos e brilhantes, voou sobre uma escada e foi para longe.

Lúcia subiu os degraus e olhou para a colina que ficava atrás da Cidadezinha. Uma colina que subia e subia até as nuvens, como se não tivesse fim!

E bem lá no alto, na encosta da colina, ela teve a impressão de ver algumas coisas brancas espalhadas sobre a grama.

Lúcia disparou colina acima o mais depressa que suas pernas robustas puderam levá-la. Ela correu por um caminho íngreme – subindo e subindo – até que pôde ver a Cidadezinha lá embaixo. Era como se dali pudesse jogar um pedregulho dentro da chaminé!

Foi então que chegou a uma nascente, que borbulhava na encosta da colina.

Alguém tinha colocado um balde em cima de uma pedra para pegar água, mas ele já estava transbordando, pois era do tamanho de uma xícara!

E sobre o caminho, onde a areia estava molhada, havia pegadas de uma pessoa bem pequenininha.

Lúcia continuou a correr e correr.

O caminho terminava junto a uma grande pedra. A grama era curta e verde, e ali havia roupas, cordões de juncos trançados, amarrados em suportes feitos de caules de samambaias, e uma pilha de minúsculos alfinetes para roupas. Mas nenhum lenço de bolso!

No entanto, havia algo mais: uma porta! Uma porta que dava para o interior da colina e dentro dela alguém cantava:

*"Limpo, bem branquinho, ah!
Com pequenos babadinhos, ah!
Quente e macio – tecido manchado
Jamais será vislumbrado, ah!"*

Lúcia bateu à porta uma, duas vezes, e interrompeu a canção.

Uma vozinha assustada perguntou:

— Quem é?

A menina abriu a porta: o que você imagina que havia por trás dela?

Uma cozinha bela e limpa, com piso de pedra e vigas de madeira, muito parecida com a cozinha de qualquer fazenda. O teto, porém, era tão baixo que a cabeça de Lúcia quase o tocava. As vasilhas e panelas eram pequenininhas, bem como todo o resto.

Havia um cheiro gostoso e quente de roupa passada, e junto à mesa, segurando um ferro de passar, alguém muito pequeno e robusto encarava Lúcia com ansiedade.

Seu roupão estampado estava preso na cintura, e ela vestia um grande avental sobre o saiote listrado. Seu narizinho preto fez hunf, hunf, hunf, e seus olhos fizeram plim, plim; e debaixo da touca, onde Lúcia possuía cachos loiros, a pessoinha tinha ESPINHOS!

— Quem é você? — disse Lúcia. — Você viu os meus lencinhos?

A pessoinha fez uma reverência:

— Ah, sim, por favor. Meu nome é senhora Tina Espetinho. Ah, sim, por favor. Sou uma excelente lavadeira!

E ela tirou algo do cesto de roupas e estendeu na tábua de passar.

— O que é isso? — perguntou Lúcia. — Não é o meu lencinho, é?

— Ah, não, por favor. É um coletinho vermelho do galo Roberto!

E ela passou o colete, dobrou e o colocou de lado.

Então ela tirou outra coisa do varal.

— Este não é o meu avental, é? — disse Lúcia.

— Ah, não, por favor. É uma toalha de mesa estampada de Gina Passarinha. Olha só como está manchada de licor de groselha! É tão difícil de limpar! — disse a senhora Tina Espetinho.

O nariz da senhora Tina Espetinho fez hunf, hunf, hunf, e seus olhos fizeram plim, plim. E ela tirou outro ferro de passar do fogo.

— É um dos meus lencinhos! — gritou Lúcia. — E aí está o meu avental!

A senhora Tina Espetinho passou o avental, marcou as pregas e sacudiu os babados.

— Ah, ficou lindo! — disse Lúcia.

— E o que são essas coisas longas e amarelas com dedos como luvas?

— Ah, é um par de meias da senhora Sara Cocó. Olha só como ela gastou os calcanhares arranhando o pátio! Logo, logo, ela vai ficar descalça! — disse a senhora Tina Espetinho.

— Ora, tem outro lenço. Mas não é meu. É vermelho?

— Ah, não, por favor. Esse pertence à velha senhora Coelho e, nossa, como cheirava a cebolas! Tive de lavá-lo à parte e não consegui tirar o cheiro.

— Ali está meu outro lenço — disse Lúcia.

— E o que são aquelas coisinhas brancas engraçadas?

— É um par de luvas da gatinha Tábata. Só preciso passá-las. Ela mesma as lava.

— E aqui está meu último lenço de bolso! — disse Lúcia.

— E o que você está mergulhando na bacia de goma?

— São peitilhos das camisas de Tom Chapim, que usa roupas muito esquisitas! — disse a senhora Tina Espetinho. — Agora que terminei de passar, vou colocar outras roupas para secar.

— O que são essas coisas macias e fofinhas? — disse Lúcia.

— Ah, são casacos de lã de ovelhinhas.

— Elas tiram seus casaquinhos? — perguntou a menina.

— Ah, sim, por favor. E olhe as marcas aqui no ombro. Aqui está um com a marca de uma fazenda, e esses três vêm de outra, da Cidadezinha. São sempre marcados antes de lavar! — disse a senhora Tina Espetinho.

E ela pendurou todo tipo e todo tamanho de roupas. Casaquinhos marrons de ratinhos, um colete preto aveludado de pele de toupeira, uma casaca vermelha sem cauda que pertencia ao esquilo Castanhola, um casaco azul bem encolhidinho de Pedro Coelho, um saiote sem pregas que havia se perdido na lavagem – e finalmente o cesto estava vazio!

Depois disso, a senhora Tina Espetinho fez chá: uma xícara para ela e outra para Lúcia. Elas se sentaram em um banco em frente à lareira e olharam de lado uma para a outra. A mão da senhora Tina Espetinho, que segurava a caneca de chá, era bem, bem marronzinha, e bem, bem enrugadinha por causa da água com sabão. E, por todo o seu roupão e sua touca, havia grampos de cabelo espetados por todo lado e, por isso, Lúcia não se sentou muito perto dela.

Quando terminaram de tomar o chá, fizeram trouxas para carregar as roupas. Dobraram os lenços de Lúcia, os colocaram dentro de seu avental limpo, e prenderam o pacotinho com um alfinete de prata.

Então, elas acenderam o fogo com a relva, saíram, trancaram a porta e esconderam a chave debaixo da soleira.

Assim, Lúcia e a senhora Tina Espetinho começaram a descer a colina com as trouxas de roupas!

Por todo o caminho, animaizinhos saíram das plantas para falar com elas. Os primeiros que encontraram foram Pedro Coelho e Benjamin Coelhinho!

Ela deu a eles suas belas roupas limpas. E todos os animaizinhos e passarinhos estavam muito gratos à querida senhora Tina Espetinho.

E assim, ao final da colina, quando elas chegaram à escada, não havia mais nada para carregar além da trouxinha de Lúcia.

Lúcia saiu correndo pela escada com a trouxa na mão e então virou-se para desejar "boa noite" e agradecer à lavadeira. Mas que coisa estranha! A senhora Tina Espetinho não havia esperado nem por agradecimentos nem para cobrar pela lavagem!

Ela estava correndo, correndo e correndo colina acima. E onde estava sua touca branca cheia de babadinhos? E seu avental? E seu roupão e seu saiote?

E como ela tinha ficado pequena, marronzinha e cheia de ESPINHOS!

Ora! A senhora Tina Espetinho era um PORCO-ESPINHO!

Bem, há quem diga que a pequena Lúcia havia dormido sobre a escada, e sonhado tudo isso. Mas, então, como ela poderia ter encontrado os três lenços bem limpinhos e o avental, presos com um alfinete de prata? Além disso, eu vi aquela porta na encosta da colina Sino do Gato. E mais: conheço muito bem a querida senhora Tina Espetinho!

O CONTO DE BENJAMIN COELHINHO

Para as crianças de Sawrey, do velho senhor Coelho

Certa manhã, um coelhinho sentou em um barranco.

Ele aguçou os ouvidos e escutou o pocotó-pocotó de um pônei.

Uma charrete vinha pela estrada. Era conduzida pelo senhor Gregório, e ao seu lado estava sentada a senhora Gregório com o seu melhor chapéu.

Assim que eles passaram, o pequeno Benjamin Coelhinho deslizou até a estrada e partiu – pulando e saltitando – para visitar seus parentes, que viviam no bosque atrás da horta do senhor Gregório.

Aquele bosque estava repleto de tocas de coelhos e, na mais arrumada e cheia de areia, vivia a tia de Benjamin e seus primos: Flopsy, Mopsy, Rabo-de-algodão e Pedro.

A velha senhora Coelho era viúva. Ela ganhava o sustento tricotando luvas de lã para coelhos (certa vez, comprei um par delas em um bazar). Ela também vendia ervas, chá de alecrim e tabaco de coelho (que é o que chamamos de lavanda).

O pequeno Benjamin não queria exatamente ver a tia.

Ele se aproximou por trás de um pinheiro e quase tropeçou em seu primo Pedro.

Pedro estava sentado sozinho. Seu estado não era dos melhores. Ele estava enrolado em um lenço de bolso de algodão vermelho.

— Pedro — disse o pequeno Benjamin, sussurrando —, onde estão suas roupas?

Pedro respondeu:

— No espantalho da horta do senhor Gregório — e descreveu como tinha sido perseguido na horta e havia deixado cair os sapatos e o casaco.

O pequeno Benjamin sentou-se ao lado do primo e garantiu que o senhor Gregório havia saído em uma charrete, com a senhora Gregório. Certamente ficariam fora o dia todinho, pois ela estava usando o seu melhor chapéu!

Pedro disse que esperava que chovesse.

Nesse momento, ouviu-se a voz da velha senhora Coelho de dentro da toca, chamando:

— Rabo-de-algodão, Rabo-de-algodão! Vá buscar um pouco de camomila!

Pedro disse que talvez se sentisse melhor se saísse para dar uma caminhada.

Eles partiram juntinhos e subiram no topo do muro, nas margens do bosque. Dali, observaram a horta do senhor Gregório, lá embaixo. Era possível ver claramente o casaco e os sapatos de Pedro no espantalho, que também vestia um velho gorro escocês.

O pequeno Benjamin disse:

— Se nos espremermos por debaixo do portão, estragaremos as nossas roupas. O jeito certo de entrar é descendo por uma pereira.

Pedro caiu de cabeça, mas não teve importância, pois o canteiro logo abaixo estava bem macio.

Havia sido semeado com alfaces.

Eles deixaram um monte de pegadas pequenas e esquisitas por todo o canteiro, especialmente o pequeno Benjamin, que usava sapatos de madeira.

O pequeno Benjamin disse que a primeira coisa a ser feita era recuperar as roupas de Pedro, e assim poderiam usar o lenço de bolso para outra coisa.

Eles tiraram as roupas do espantalho. Tinha chovido durante a noite e, por isso, havia água nos sapatinhos. O casaco havia encolhido um pouco.

Benjamin provou o gorro escocês, mas era grande demais para ele.

Então ele sugeriu que eles enchessem o lenço com cebolas, como um pequeno presente para a tia.

Pedro não parecia estar se divertindo muito. Ele ouvia alguns barulhos.

Benjamin, por outro lado, se sentia em casa, e até comeu uma folha de alface. Contou que tinha o costume de vir à horta com seu pai para pegar alfaces para o jantar de domingo.

(O nome do papai do pequeno Benjamin era velho senhor Benjamin Coelhinho.)

As alfaces, com certeza, estavam deliciosas.

Pedro não comeu nada e disse que gostaria de voltar para casa. Naquele momento, ele derrubou metade das cebolas.

O pequeno Benjamin disse que não era possível retornar subindo pela pereira, pois estavam carregando uma carga de vegetais.

Ele liderou o caminho corajosamente até o outro lado da horta. Seguiram por uma pequena passagem de tábuas, junto de um muro de tijolos vermelhos.

Alguns ratinhos estavam sentados na entrada de suas casas quebrando sementes de cereja. Eles piscaram para Pedro Coelho e para o pequeno Benjamin.

Logo depois, Pedro deixou o lenço cair outra vez.

Eles caminharam entre vasos de flores, canteiros e baldes. Pedro ouviu barulhos mais horríveis do que nunca, e seus olhos se arregalaram como dois pirulitos!

Ele estava um ou dois passos à frente do primo quando parou de repente.

O pequeno Benjamin deu uma espiada, e então, em poucos segundos, ele e Pedro se esconderam junto das cebolas embaixo de um grande cesto...

A gata se levantou, se espreguiçou, chegou perto do cesto e o cheirou.

Talvez ela gostasse do cheiro de cebolas! De qualquer maneira, ela se sentou em cima do cesto.

Ela ficou sentada ali por cinco horas.

Não consigo descrever em detalhes a imagem de Pedro e Benjamin sob o cesto, porque estava muito escuro e o cheiro de cebolas era tão pavoroso que fez com que Pedro Coelho e o pequeno Benjamin chorassem.

O sol já estava se pondo atrás do bosque e a tarde avançava bastante, mas a gata seguia sentada sobre o cesto. Depois de muito tempo, ouviu-se um tamborilar, e alguns pedacinhos de cimento caíram do muro acima. A gata olhou para o alto e viu o velho senhor Benjamin Coelhinho saltitando sobre o topo do muro do terraço superior.

Ele fumava um cachimbo de tabaco de coelho e tinha uma varinha em sua mão.

Estava procurando pelo filho.

O velho senhor Coelhinho não tinha nenhuma opinião sobre gatos.

Ele deu um pulo enorme do topo do muro até a gata e a afastou do cesto a tapas. Depois, chutou-a em direção à estufa, arrancando um punhado de pelos.

A gata ficou surpresa demais para atacar de volta.

Com a gata dentro da estufa, o velho senhor Coelhinho trancou a porta.

Então ele voltou até o cesto e tirou dali seu filho Benjamin pelas orelhas e lhe deu uma surra com a varinha. Depois, tirou o sobrinho Pedro, que apanhou também.

Ele pegou o lenço com as cebolas e marchou para fora da horta.

Quando o senhor Gregório retornou, cerca de meia hora depois, observou várias coisas que o deixaram perplexo.

Parecia que alguém tinha caminhado por toda a horta calçando um par de sapatos de madeira, mas as pegadas eram ridiculamente pequenas!

Além disso, não conseguia entender como a gata tinha conseguido se prender dentro da estufa, trancando a porta pelo lado de fora.

Apesar de tudo, quando Pedro voltou para casa, sua mãe o perdoou, pois ela estava muito feliz por ele ter encontrado seus sapatos e o casaco.

Rabo-de-algodão e Pedro dobraram o lenço de bolso, e a velha senhora Coelho pendurou as cebolas no teto da cozinha, junto dos ramos de ervas e do tabaco de coelho.

O CONTO DO ESQUILO CASTANHOLA

Um conto para Norah

Este é um conto sobre uma cauda –
a cauda de um esquilinho-vermelho.
Seu nome era Castanhola.

Ele tinha um irmão chamado Rabo-caramelo e muitos, muitos primos. Todos viviam num bosque à beira de um lago.

No meio do lago tinha uma ilha repleta de árvores e arbustos de nozes. Entre aquelas árvores, havia um carvalho oco, que era a casa de uma coruja chamada Velho Marrom.

Certo outono, quando as nozes estavam maduras e as folhas das aveleiras douradas e verdes, Castanhola, Rabo-caramelo e todos os outros esquilinhos saíram do bosque e desceram até a beira do lago.

Eles construíram pequenas jangadas com gravetos e remaram sobre a água rumo à Ilha da Coruja para recolher nozes.

Cada esquilo levava um saco e um grande remo e usava sua cauda como vela.

Eles também levaram três ratinhos gordos de presente para o Velho Marrom e os colocaram na soleira de sua porta.

Então Rabo-caramelo e os outros esquilinhos fizeram reverência e disseram, com educação:

— Senhor Velho Marrom, faria a gentileza de nos dar permissão para apanhar nozes na sua ilha?

Mas Castanhola era muito petulante em suas maneiras. Ele se balançava para lá e para cá como uma cerejinha vermelha, cantando:

"O que é? O que é?
Um homenzinho de casaco avermelhado!
Tem uma bengala na mão e uma pedra na garganta;
Se me disser o que é, o que é, te darei um trocado."

Hoje, essa charada é tão antiga quanto as montanhas. Mas o Senhor Marrom não deu nenhuma atenção a Castanhola.

Obstinado, ele fechou os olhos e dormiu.

Os esquilos encheram os sacos com nozes e velejaram de volta para casa no fim da tarde.

Na manhã seguinte, porém, eles foram novamente à Ilha da Coruja. Rabo-caramelo e os outros levaram uma toupeira bem gorda e a colocaram sobre a pedra na entrada da casa do Velho Marrom. Eles disseram:

— Senhor Marrom, faria a gentileza de nos dar sua nobre permissão para apanhar mais algumas nozes?

Mas Castanhola, que era muito mal-educado, começou a dançar para um lado e para o outro, enquanto fazia cócegas no Senhor Velho Marrom com uma urtiga e cantava:

"Veja só, Velho Senhor!
Há urtigas do lado de dentro,
Há urtigas do lado de fora,
Quando tocar nas urtigas,
Vai arder sem demora!"

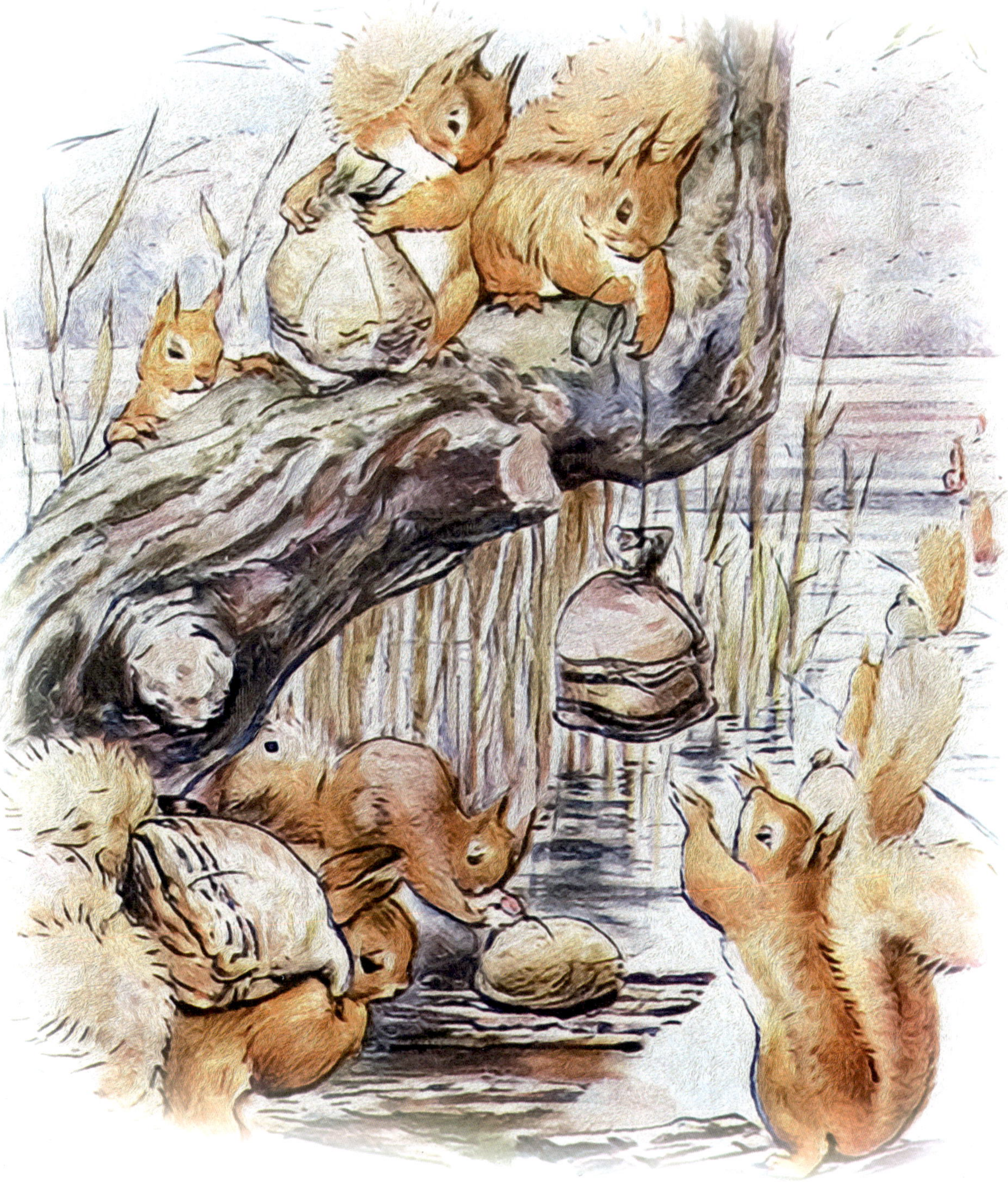

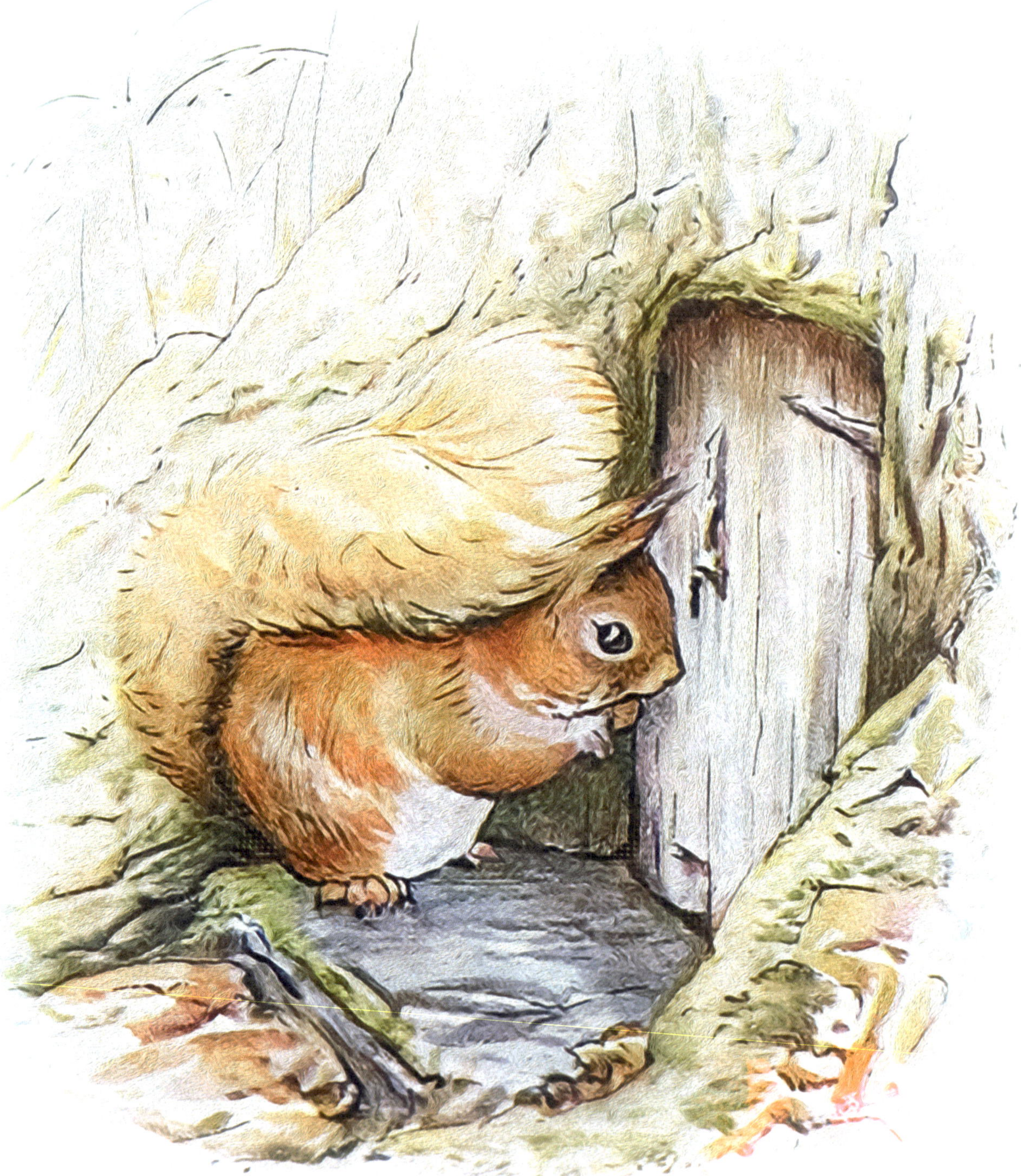

O Senhor Marrom acordou de repente e levou a toupeira para dentro de casa.

Ele bateu a porta na cara de Castanhola. Naquele momento, um pequeno fio de fumaça azulada de queima de madeira surgiu no topo da árvore. Castanhola espiou pelo buraco da fechadura e cantou:

"Uma casa cheia, um buraco cheio!
E você não pode obter uma tigela cheia!"

Os esquilos procuraram nozes por toda a ilha e encheram seus saquinhos.

Mas Castanhola recolheu bugalhos – amarelos e vermelhos – e sentou-se sobre o toco de uma árvore. Ficou jogando bolinhas de gude e observando a porta do Senhor Velho Marrom.

No terceiro dia, os esquilinhos acordaram bem cedo e foram pescar. Eles pegaram sete peixes gordos de presente para o Velho Marrom.

Remaram sobre o lago e desembarcaram sob uma castanheira torta na Ilha da Coruja.

Rabo-caramelo e outros seis esquilos carregaram, cada um, um peixe gordo. Mas Castanhola, que não tinha boas maneiras, não levou nenhum presente. Ele correu na frente de todos, cantando:

"O homem no deserto disse pra mim,
Quantos morangos dão no mar?
Pensei, pensei e respondi assim
Tantos quantos peixes na mata podem dar"

Mas o Senhor Velho Marrom não estava interessado em charadas, nem mesmo quando a resposta lhe era dada.

No quarto dia, os esquilinhos levaram de presente para o Velho Marrom seis besouros gordos, tão saborosos como ameixas em um pudim. Cada besouro estava cuidadosamente embrulhado numa folha de erva-azeda, preso com uma agulha de pinheiro.

E Castanhola cantou, grosseiro como sempre:

"Velho Senhor, veja se me acompanha:
Farinha da Inglaterra, fruta da Espanha,
Encontradas juntas num banho de chuva;
Ambas numa sacola amarrada com
um cordel.
Diga-me o que é, o que é, e lhe darei um anel!"

O que era absurdo, pois Castanhola não tinha nenhum anel para dar ao Velho Marrom.

Os outros esquilos vasculharam todos os arbustos em busca de nozes, enquanto Castanhola recolhia miolos de flores de uma roseira-brava e espetava neles agulhas de pinheiro.

No quinto dia, os esquilos levaram mel silvestre como presente. Era tão doce e pegajoso que eles lamberam os dedos ao colocá-lo sobre a pedra. Haviam roubado o mel de um ninho de abelhões no topo da colina.

Mas Castanhola saltitava para lá e para cá, cantando:

"Hum-a-bum! Buzz! Buzz! Hum-a-bum buzz!
Enquanto eu descia a colina
Encontrei um bando de porcos bem belos
Alguns amarelos no meio, outros de traseiros amarelos!
Eram os porcos mais bonitos
Que já haviam pisado na campina"

O Senhor Velho Marrom revirou os olhos, descontente com a impertinência de Castanhola.

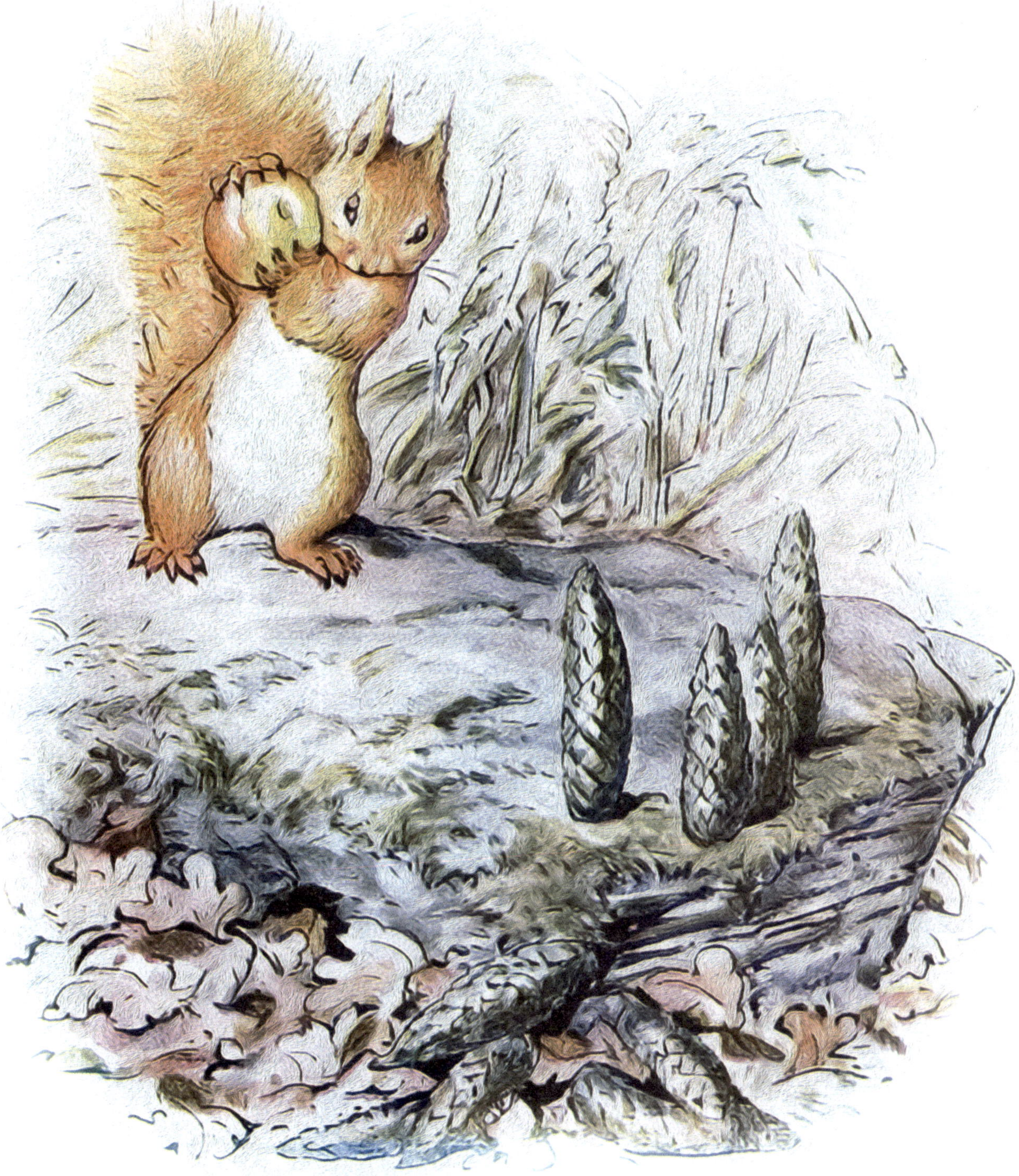

Mas comeu todo o mel!

Os esquilinhos encheram seus sacos com nozes.

No entanto, Castanhola se sentou numa grande pedra lisa e jogou boliche com uma maçã silvestre e pinhas verdes.

No sexto dia, que era sábado, os esquilos foram novamente para a ilha, pela última vez. Levaram um ovo fresquinho numa cestinha de juncos como presente de despedida para o Velho Marrom.

Mas Castanhola correu na frente deles, rindo e gritando:

"Humpty Dumpty, o homem-ovo, no chão escorregou,
Com um lenço branco enrolado no pescoço
Quarenta doutores e quarenta construtores
Não conseguiram levantar o moço!"

Bem, o Senhor Velho Marrom demonstrou interesse pelo ovo. Abriu um olho e o fechou outra vez, mas não disse nada.

Castanhola ficou mais e mais impertinente:

"Velho Senhor! Velho Senhor!
Um cavalo atrevido na porta da cozinha do rei!
Todos os cavalos do rei e todos os soldados do rei
Não conseguiram tirar o cavalo atrevido.
Da porta da cozinha do rei!"

Castanhola dançou para um lado e para o outro como um raio de sol, mas, ainda assim, o Velho Marrom não disse nada.

Castanhola começou novamente:

*"Arthur rompeu com seu bando,
Colina acima ele vem gritando!
O rei da Escócia, com todo o seu poder,
Não consegue fazer Arthur se interromper!"*

Castanhola imitou o som do vento e então correu e pulou bem na cabeça do Velho Marrom!

De repente, houve uma agitação, um confronto e um grande "Aaaaah!" pôde ser ouvido.

Os outros esquilinhos correram para longe, junto aos arbustos.

Voltaram com muito cuidado, espiando em torno da árvore. E ali estava o Velho Marrom sentado na entrada de sua casa, muito quieto, com os olhos fechados, como se nada tivesse acontecido.

Mas Castanhola estava sob suas garras!

Esse parece ser o fim da história, mas não é.

O Velho Marrom carregou Castanhola para a sua casa e o segurou pela cauda, pretendendo esfolá-lo. Mas Castanhola fez tanta força para se soltar que sua cauda se dividiu em duas. Ele disparou escada acima, escapando pela janela do sótão.

E é por isso que, até hoje, se você encontrar Castanhola no alto de alguma árvore e lhe pedir uma charada, ele jogará gravetos em você, dará chutes e uma bronca, gritando:

"Sai-pra-lá-sai-pra-lá-pra-lá!"

O CONTO DE TIM PONTA-DOS-PÉS

Para muitos amiguinhos desconhecidos, incluindo Mônica

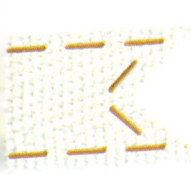

Era uma vez um pequeno esquilo cinza, gordinho e tranquilo, chamado Tim Ponta-dos-pés.

Ele havia feito um ninho de palha coberto por folhas no topo de uma árvore bem alta. Sua esposa era uma esquilinha chamada Glória.

Tim Ponta-dos-pés sentou-se do lado de fora, aproveitando a brisa. Ele remexeu o rabo e deu uma risadinha:

— Minha querida Glória, as nozes estão maduras. Precisamos guardar comida para o inverno e primavera.

Glória Ponta-dos-pés estava ocupada empurrando musgos para debaixo da palha.

— Este ninho é tão aconchegante que vamos dormir profundamente o inverno todo.

— E então, quando acordarmos, estaremos mais magrinhos, e não haverá nada para comer na primavera — respondeu o marido, prudente.

Quando Tim e Glória chegaram aos arbustos de nozes, descobriram que os outros esquilos já estavam lá.

Tim tirou seu casaco e o pendurou num galho. Eles trabalharam bem quietinhos.

Todo dia eles faziam várias viagens e recolhiam uma porção de nozes. Eles as carregavam em sacos e as guardavam em diversos pedaços ocos de troncos próximos à árvore onde tinham construído seu ninho.

Quando esses troncos ficaram cheios, começaram a esvaziar os sacos em um buraco no alto de uma árvore, que havia pertencido a um pica-pau. As nozes caíam lá dentro, chacoalhando.

— Como você vai conseguir tirar as nozes daí de dentro? Parece um cofrinho! — disse Glória.

— Vou ficar muito mais magrinho antes de a primavera chegar, meu amor — disse Tim, espiando dentro do buraco.

Eles realmente juntaram um monte de nozes. Isso porque os dois não as perdiam! Os esquilos que enterravam suas nozes na terra perdiam mais da metade delas porque não conseguiam recordar onde as tinham colocado.

O esquilo mais esquecido do bosque se chamava Rabo-de-prata. Ele começou a cavar, mas não conseguiu se lembrar onde tinha enterrado as suas nozes. Cavou de novo e encontrou algumas que não pertenciam a ele. Foi então que houve uma briga. Os outros esquilos começaram a cavar também, e um alvoroço tomou conta de todo o bosque!

Infelizmente, bem nesse momento, um bando de passarinhos voou, de arbusto em arbusto, procurando por lagartas verdes e aranhas. Havia vários tipos de passarinhos que cantavam diferentes músicas.

O primeiro deles cantou:

"— *Quem desenterrou as minhas nozes? Quem desenterrou as minhas nozes?*"

E outro cantarolou:

"— *Um pedaço de pão e nenhum queijinho! Um pedaço de pão e nenhum queijinho!*"

Os esquilos seguiram e escutaram. O primeiro passarinho voou para o arbusto onde Tim e Glória Ponta-dos-pés estavam fechando seus sacos em silêncio e cantou:

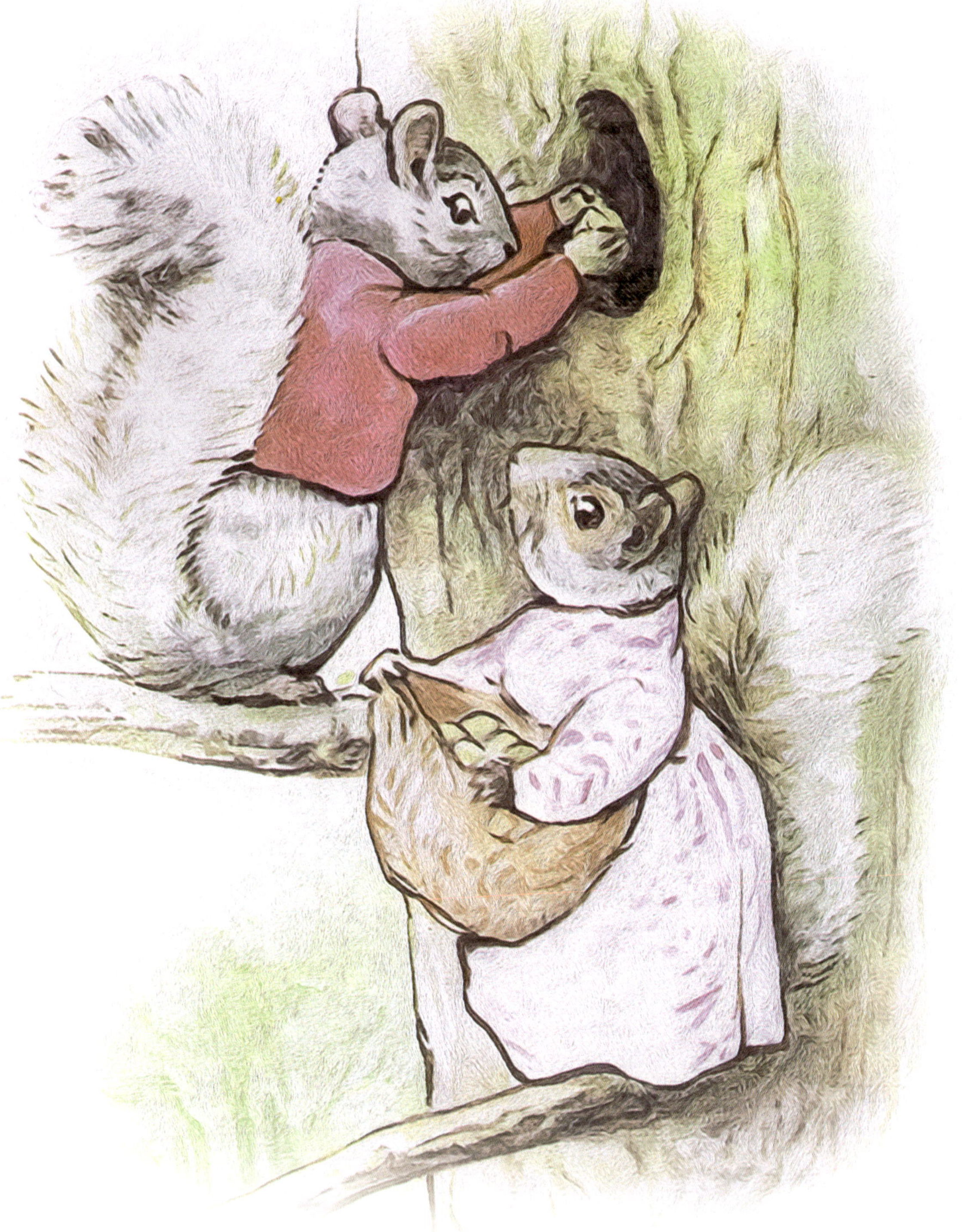

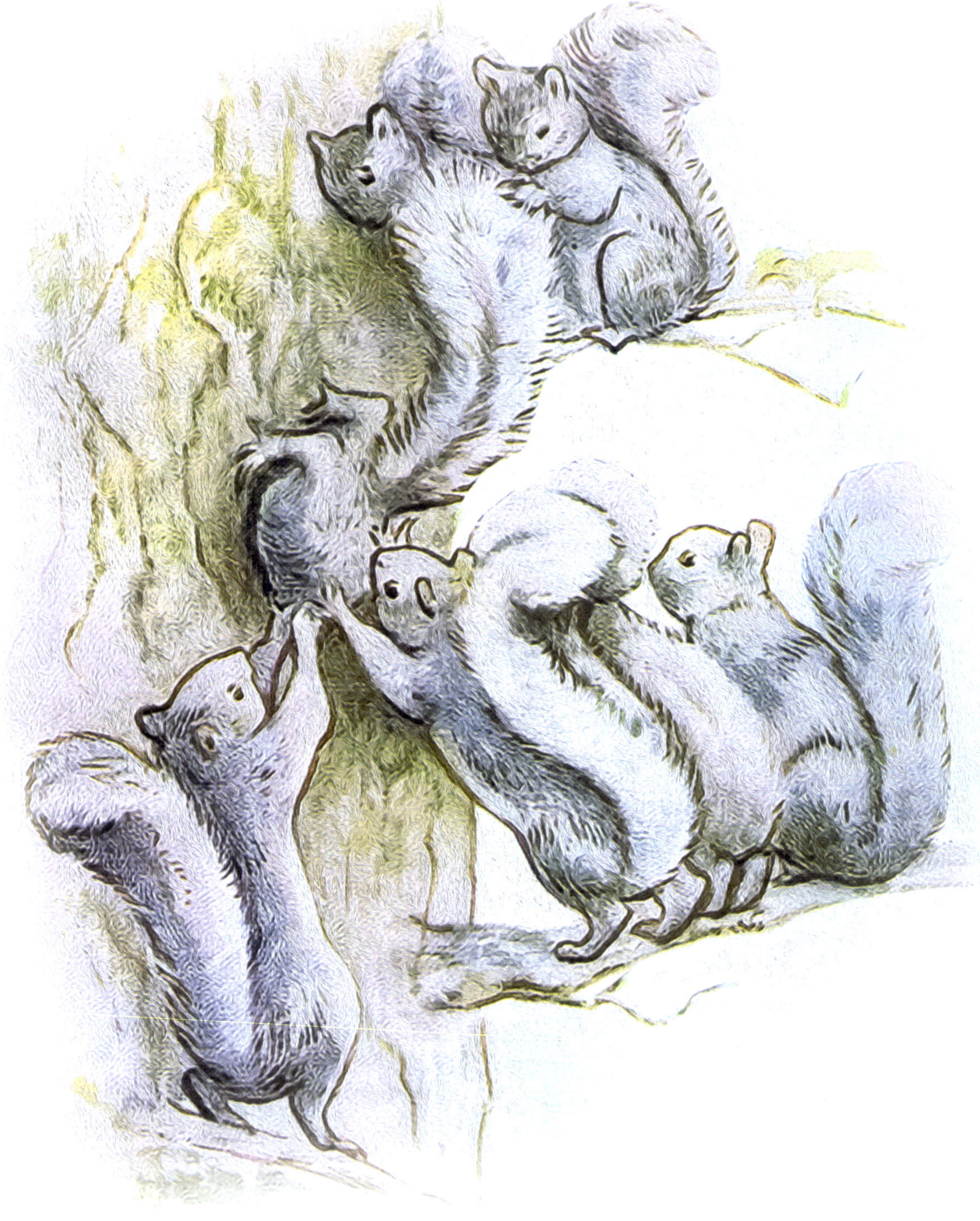

"— *Quem desenterrou as minhas nozes?*
Quem desenterrou as minhas nozes?"

Tim continuou com seu trabalho sem responder. Realmente, o passarinho não esperava uma resposta. Estava apenas entoando seu canto natural, e isso não significava nada.

Mas, quando os outros esquilos ouviram aquela música, correram até Tim Ponta-dos-pés e o arranharam, bateram nele e derrubaram seu saco de nozes. O inocente passarinho que havia causado toda a confusão voou para longe morrendo de medo!

Tim deu algumas cambalhotas e então virou as costas e fugiu em direção a seu ninho, seguido por uma multidão de esquilos, que gritavam:

— Quem desenterrou as minhas nozes?

Eles pegaram Tim Ponta-dos-pés e o arrastaram para o alto de uma árvore, a mesma onde ficava o buraquinho redondo, e o empurraram para dentro dele. O buraco era pequeno demais para o corpo de Tim. Eles o espremeram terrivelmente, e foi uma surpresa não terem quebrado suas costelas.

— Vamos deixá-lo aqui até ele confessar — disse o esquilo Rabo-de-prata, e gritou para dentro do buraco. — Quem desenterrou as minhas nozes?

Tim não respondeu. Ele havia caído lá embaixo, dentro da árvore, sobre montes de nozes que pertenciam a ele mesmo. Ficou deitado, muito chocado e imóvel.

Glória Ponta-dos-pés pegou seu saco de nozes e foi para casa. Ela fez uma xícara de chá para Tim, mas o tempo passou, passou, e ele não voltou.

A noite de Glória foi solitária e infeliz. Na manhã seguinte, ela se aventurou de volta aos arbustos de nozes para procurá-lo, mas outros esquilos cruéis a expulsaram dali.

Ela perambulou por todo o bosque, chamando:

— Tim Ponta-dos-pés! Tim Ponta-dos-pés! Ah, onde está você, Tim Ponta-dos-pés?

Enquanto isso, Tim voltou a si. Ele se encontrou enfiado em uma pequena cama feita de musgos, na escuridão, sentindo-se dolorido. Parecia estar debaixo da terra. Tim tossiu e gemeu, pois suas costelas doíam. Então ouviu um barulho animado, e um esquilinho listrado apareceu com uma lâmpada noturna, com a esperança de que ele se sentisse melhor.

Ele foi muito gentil com Tim Ponta-dos-pés. Emprestou a ele sua touca de dormir, e sua casa estava cheia de comida.

O esquilinho explicou que chovia nozes pelo topo da árvore.

— E, além disso, encontrei algumas delas enterradas!

Ele riu quando Tim contou sua história. Enquanto Tim não podia sair da cama, ele o fez comer um monte de nozes.

— Mas como vou conseguir sair por aquele buraco se eu não ficar magrinho? Minha esposa vai ficar ansiosa!

— Só mais uma noz, ou duas! Deixe-me quebrá-las para você — disse o esquilinho. E Tim Ponta-dos-pés ficou cada vez mais gordinho!

Glória Ponta-dos-pés passou a trabalhar sozinha. Ela não colocou mais nozes no buraco do pica-pau, porque sempre duvidou de que pudessem tirá-las dali novamente. Glória as escondeu debaixo da raiz de uma árvore, e elas caíram lá embaixo, chacoalhando.

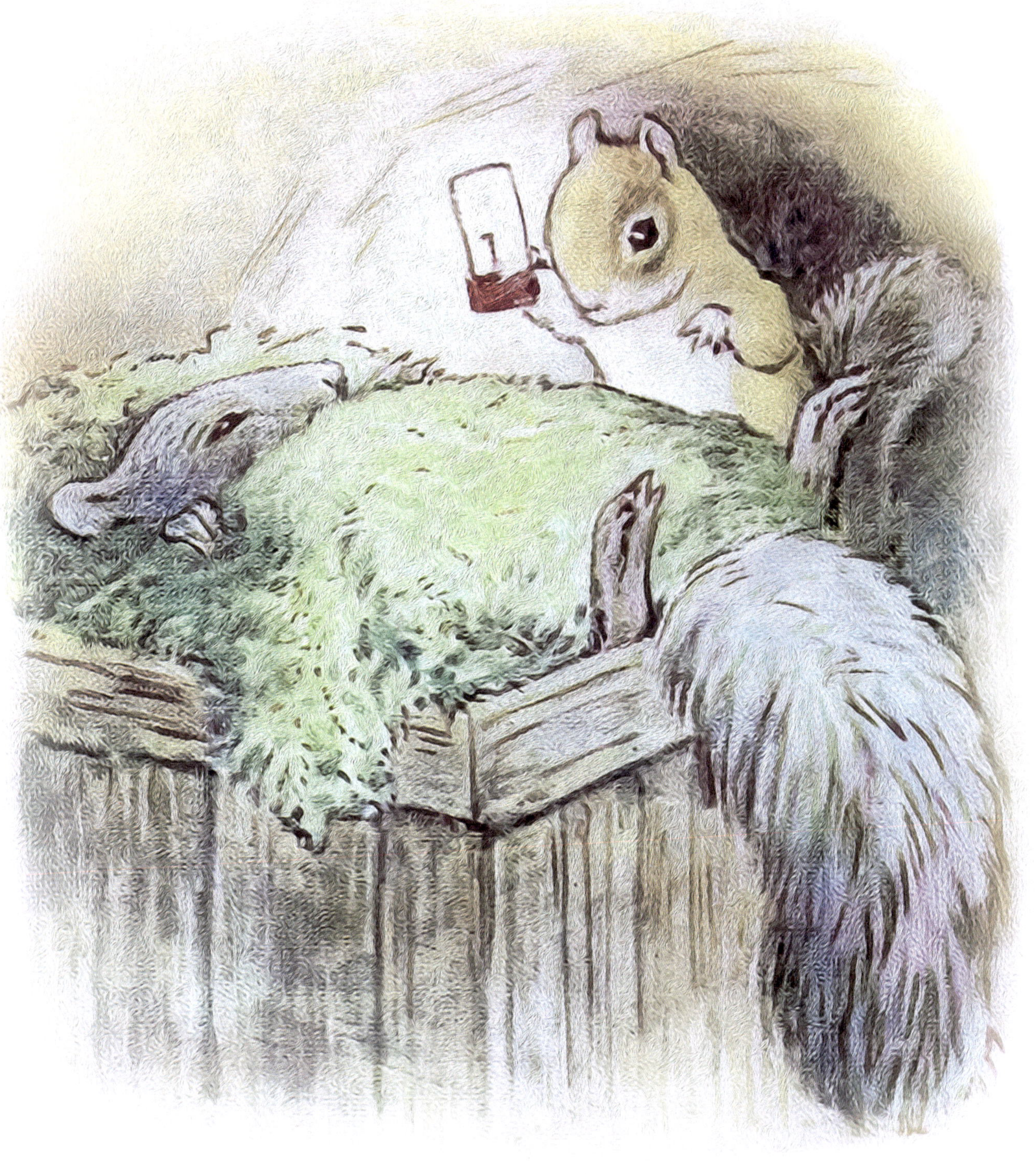

Certa vez, quando Glória esvaziou um enorme saco cheio de nozes, houve um guincho pronunciado. E na vez seguinte em que levou outro saco carregado, uma esquilinha listrada saiu correndo apressada para fora.

— Está ficando completamente lotado lá embaixo. A sala de estar está cheia, e as nozes estão rolando pela entrada. Além disso, meu marido, Chico Hackee, sumiu e me deixou. Como você explica essa chuva de nozes?

— Peço mil desculpas. Eu não sabia que alguém morava aí — disse a senhora Glória Ponta-dos-pés. — Mas onde está Chico Hackee? Meu marido, Tim Ponta-dos-pés, também sumiu.

— Eu sei onde Chico está, um passarinho me contou — disse a esquilinha.

Ela guiou Glória pelo caminho até a árvore do pica-pau, e elas escutaram pelo buraco. Lá embaixo havia o ruído de alguém quebrando nozes, e as vozes de um esquilo gordinho e de um esquilo magrinho cantavam juntas:

"Meu camarada e eu caímos numa emboscada,
O que fazer para sair dessa enrascada?
Façamos o melhor agora,
E meu amigo poderá ir embora!"

— Você poderia se espremer para dentro da árvore, por aquele buraquinho redondo — disse Glória Ponta-dos-pés.

— Sim — respondeu a esquilinha —, mas meu marido, Chico Hackee, ele morde!

Lá embaixo havia o barulho de nozes quebrando e de mordidinhas. Então, as vozes do esquilo gordinho e do esquilo magrinho cantaram:

*"Comer o dia todinho
Todo-todinho-inho
Todo dia, o dia inteirinho!"*

Glória espiou pelo buraco e chamou:

— Tim Ponta-dos-pés! Para fora, Tim Ponta-dos-pés!

E Tim respondeu:

— É você, Glória?

— Ora, é claro!

Ele subiu e a beijou pelo buraco, mas estava tão gordinho que não conseguia sair.

Chico Hackee não era muito gordinho, mas não quis subir. Ficou lá embaixo e deu risada.

E foi assim por duas semanas, até que uma ventania destruiu o topo da árvore, abrindo o buraco e deixando a chuva entrar.

Então Tim Ponta-dos-pés saiu e foi para casa debaixo de um guarda-chuva.

Mas Chico Hackee continuou a acampar na árvore por mais uma semana, apesar de ser desconfortável.

Por fim, um urso enorme veio andando pelo bosque. Talvez também estivesse procurando por nozes. Parecia estar sentindo o cheiro de algo por ali.

Chico Hackee foi para casa, apressado!

Quando chegou em casa, descobriu que estava resfriado e sentia-se ainda mais desconfortável.

Agora Tim e Glória Ponta-dos-pés mantêm seu estoque de nozes trancado com um pequeno cadeado. E sempre que o passarinho vê os esquilinhos, ele canta:

"— Quem desenterrou as minhas nozes? Quem desenterrou as minhas nozes?"

Mas ninguém responde mais nada!

O CONTO DOS DOIS RATINHOS MAUS

Era uma vez uma linda casa de bonecas. Era de tijolos vermelhos e janelinhas brancas. E tinha cortinas de tecido de verdade, uma porta da frente e uma chaminé.

A casa pertencia a duas bonecas chamadas Lucinda e Jane. Lucinda era, de fato, a dona, mas ela nunca pedia as refeições.

Jane era a cozinheira, mas, na verdade, ela jamais cozinhava, porque o jantar era comprado pronto e vinha em uma caixinha cheia de raspas de madeira.

Na caixa, havia duas lagostas bem vermelhinhas, um pernil, um peixe, um pudim e algumas peras e laranjas.

As refeições ficavam coladas nos pratinhos e eram muito bonitas.

Certa manhã, Lucinda e Jane saíram para um passeio com seu carrinho de bonecas. Não havia ninguém no quarto e estava tudo muito quieto. De repente, ouve-se o som de algo arranhando no cantinho próximo à lareira, onde existia um buraco no rodapé.

Tom Dedinho colocou a cabeça para fora por um momento, e então voltou para dentro novamente.

Tom Dedinho era um rato!

Um minuto depois, Hunca Munca, sua esposa, colocou a cabeça para fora também. Quando viu que o quarto estava vazio, ela se aventurou sobre o tapetinho que ficava debaixo da caixa de carvão.

A casa de bonecas ficava do outro lado da lareira. Tom Dedinho e Hunca Munca se aproximaram, andando com cuidado sobre o tapete. Eles empurraram a porta da frente, bem devagarinho.

Tom Dedinho e Hunca Munca subiram as escadas e espiaram a sala de jantar. E então eles guincharam de alegria!

Um jantar delicioso estava posto sobre a mesa! Havia colheres de metal, facas e garfos, e duas cadeirinhas de boneca. Tudo tão conveniente!

Tom Dedinho começou imediatamente a trabalhar, cortando o pernil. Ele era amarelado, bonito e brilhante e possuía faixas vermelhas.

Mas a faca entortou todinha, machucando-o. Ele colocou o dedo na boca.

— Não está cozido o suficiente. Está duro! Tente, Hunca Munca.

Hunca Munca subiu em sua cadeira e tentou cortar o pernil com outra faca.

— Está tão duro quanto os pernis do queijeiro — disse ela.

De repente, o pernil descolou do prato e rolou para debaixo da mesa.

— Deixe para lá — disse Tom Dedinho —, me dê um pouquinho de peixe, Hunca Munca!

Hunca Munca tentou usar todas as colheres de metal, uma depois da outra, mas o peixe estava colado no prato.

Então, Tom Dedinho perdeu as estribeiras. Colocou o pernil no meio do piso e bateu nele com os pegadores e com uma pá — bam, bam, pá, pá!

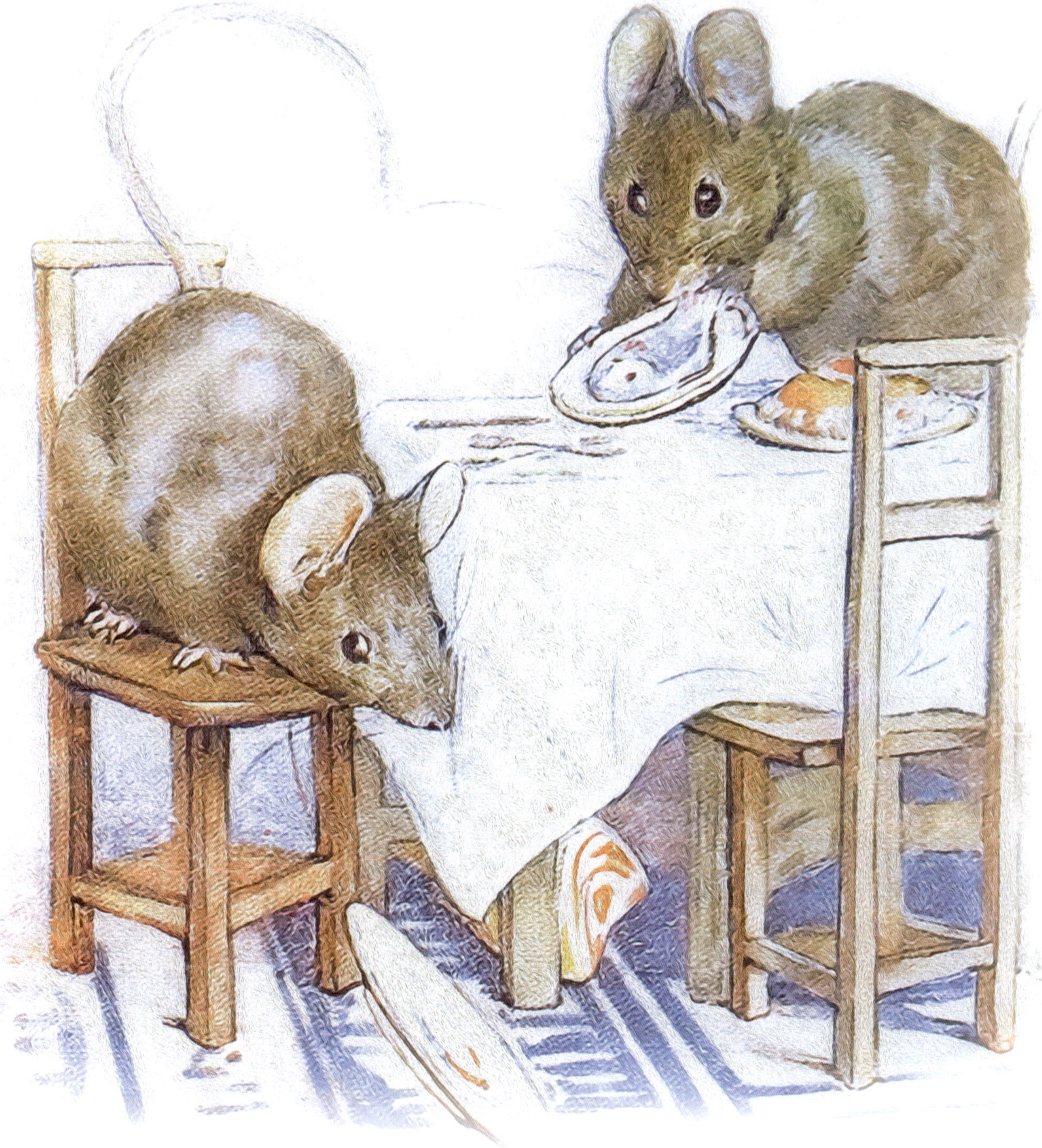

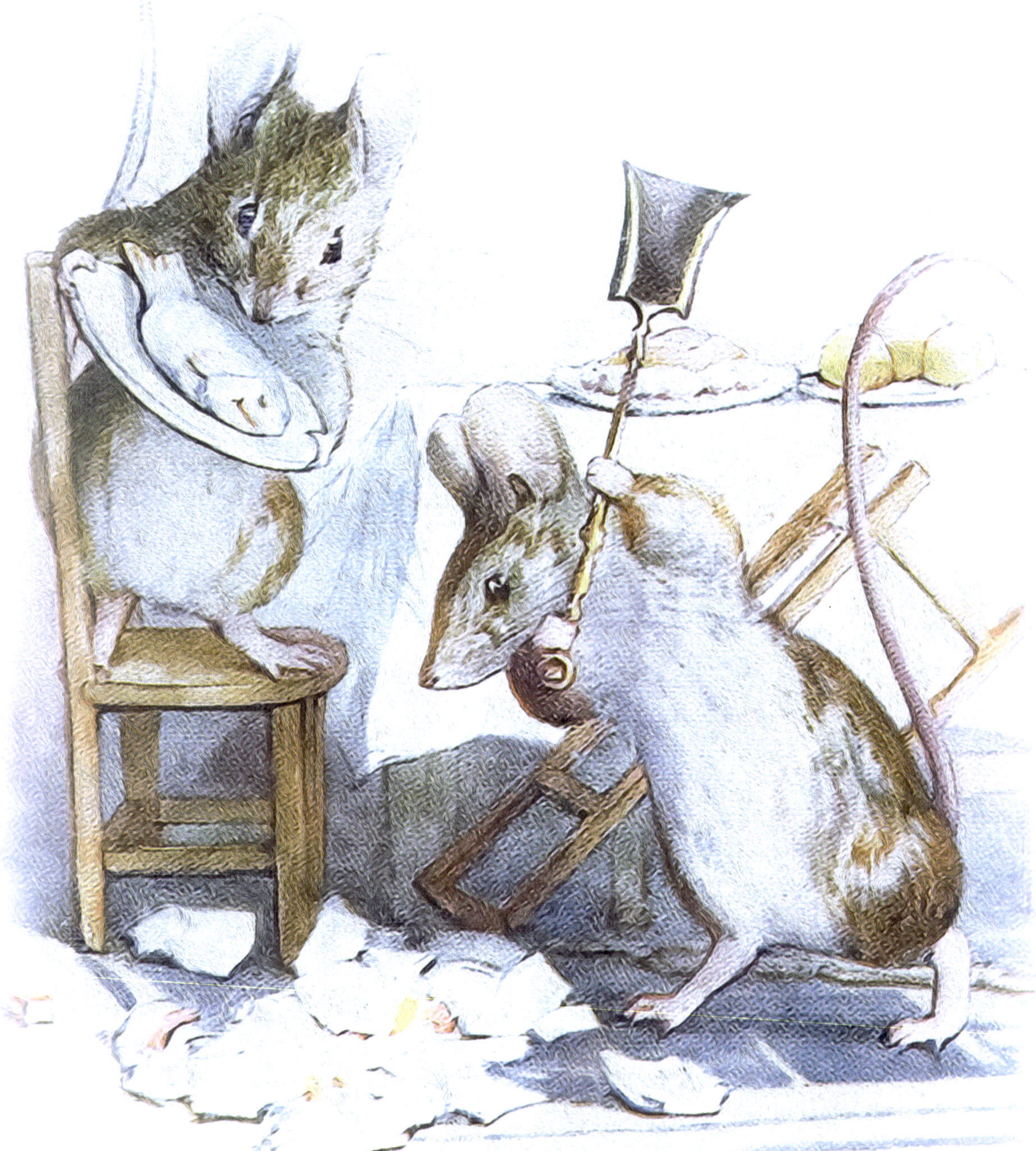

Pedaços do pernil voaram para todos os lados, pois, sob a pintura brilhante, ele não era feito de nada além de gesso! A raiva e a decepção de Tom Dedinho e Hunca Munca não tinham fim. Eles quebraram o pudim, as lagostas, as peras e as laranjas.

Como o peixe não descolava do prato, eles o colocaram na lareira de papel amassado incandescente, mas também não queimava.

Tom Dedinho subiu pela chaminé da cozinha e olhou para fora, lá do topo: não havia fuligem.

Enquanto Tom Dedinho estava lá em cima, na chaminé, Hunca Munca teve outra decepção. Ela encontrou alguns potinhos em cima do armário, rotulados: arroz, café, sagu. Mas, quando virou os recipientes de cabeça para baixo, viu que não havia nada ali além de miçangas vermelhas e azuis.

Então, os dois ratinhos se colocaram a postos para fazer a maior bagunça possível, especialmente Tom Dedinho! No quarto, ele tirou as roupas de Jane da cômoda e as jogou pela janela do segundo andar.

Mas Hunca Munca tinha uma mente econômica. Depois de arrancar metade das penas do travesseiro de Lucinda, lembrou-se que ela mesma estava querendo uma cama de penas.

Com a ajuda de Tom Dedinho, carregou o travesseiro para baixo e o arrastou pelo tapete em frente à lareira. Foi difícil fazê-lo passar pelo buraquinho de sua toca, mas eles conseguiram.

Então Hunca Munca voltou para a casa de bonecas e buscou uma cadeira, uma estante de livros, uma gaiola de pássaros e várias outras bugigangas.

A estante de livros e a gaiola não passaram pelo buraco da toca.

Hunca Munca deixou-os atrás da caixa de carvão e foi buscar um berço.

Ela estava voltando com outra cadeira, quando, de repente, ouviram o som de alguém conversando. Os ratinhos correram de volta para a toca, e as bonecas entraram no quarto.

Que espetáculo os olhos de Jane e Lucinda encontraram!

Lucinda sentou-se no fogão da cozinha toda revirada e observou. Jane apoiou-se no armário e sorriu – mas nenhuma das duas disse nada.

A estante de livros e a gaiola foram resgatadas detrás da caixa de carvão. Mas Hunca Munca havia conseguido ficar com o berço e algumas das roupas de Lucinda.

Ela também ficou com alguns potinhos e panelas que poderiam ser muito úteis, entre diversas outras coisas.

A garotinha que era dona da casa de bonecas disse:

— Vou vestir uma boneca com roupa de policial!

Mas a babá afirmou:

— Vou armar uma ratoeira!

E esta é a história dos dois ratinhos maus. Mas, no final das contas, eles não foram tão maus assim, porque Tom Dedinho pagou por tudo o que quebrou.

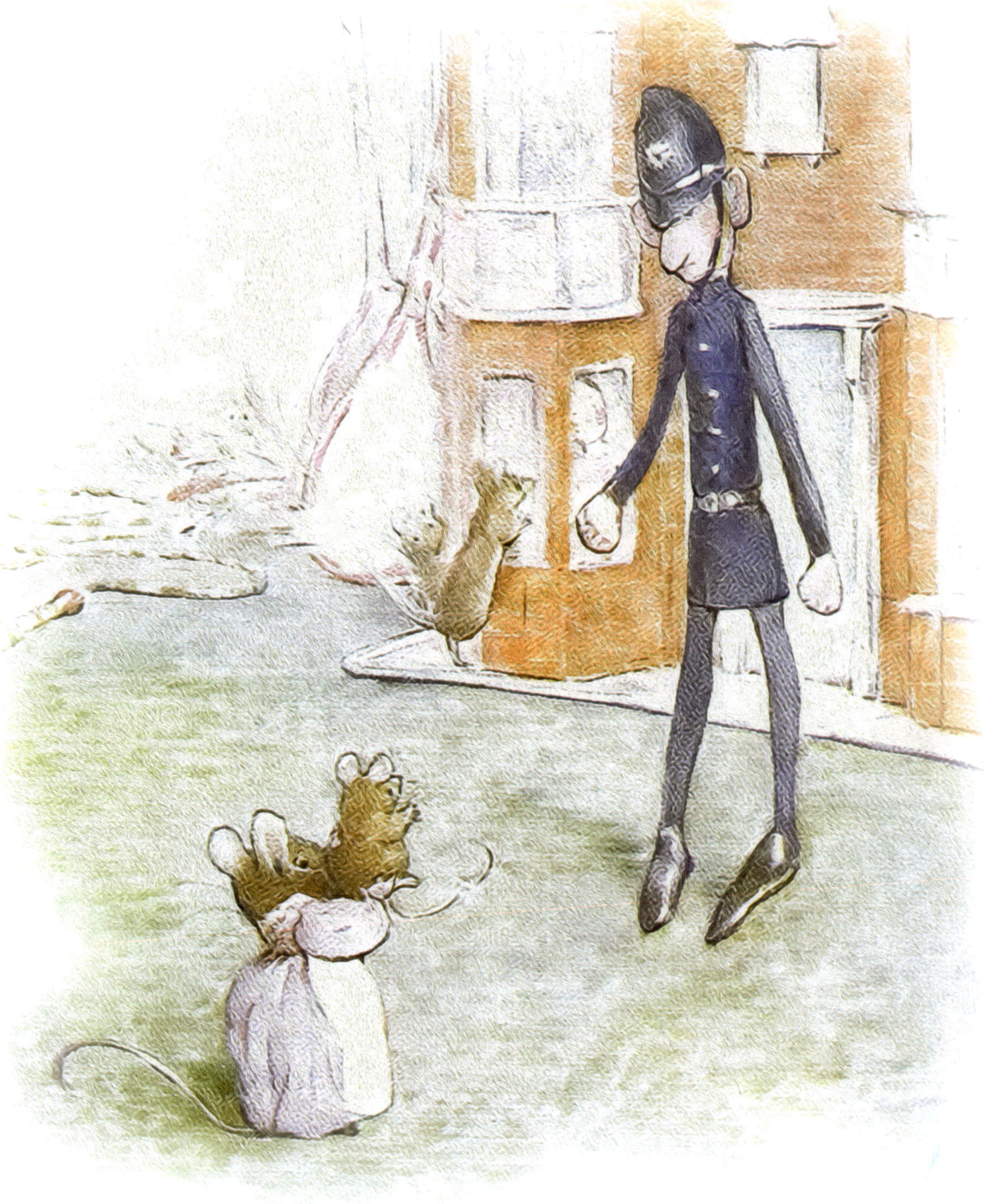

Encontrou uma moedinha amassada debaixo do tapete e, na véspera de Natal, ele e Hunca Munca colocaram o dinheiro em uma das meias de Lucinda e Jane.

Além disso, todas as manhãs, bem cedinho, antes de todo mundo acordar, Hunca Munca vem com pá e vassoura varrer a casa das bonecas!